CHUANGYI YINGXIAO · SHOUHUI POP

创意营销·手绘pop

基础
JICHU

主编

陆红阳　喻湘龙

编著

喻湘龙　李　娟

广西美术出版社

目录

● POP 广告的渊源

POP 广告即购买现场广告（POINT OF PURCHASE），又称售点广告，它可以通过音乐、色彩、图案、文字等手段，向顾客强调产品的特征和优点，起到很好的宣传作用。因此，POP 广告被人们喻为"第二推销员"。POP 广告起源于美国的超级市场和自助商店里的店头广告。1939 年，美国 POP 广告协会正式成立后，POP 广告获得正式的地位。20 世纪 60 年代以后，超级市场的这种自助式的销售方式由美国逐渐扩展到世界各地，POP 广告也随之走向世界各地。POP 广告的概念有广义的和狭义的两种：广义的 POP 广告指在商业空间、购买场所、零售商店的周边和内部以及在商品陈设的地方所设置的所有广告；狭义的 POP 广告仅指在购买场所和零售店内部设置的展销专柜以及在商品周围悬挂、摆放与陈设的可以促进商品销售的广告。

POP 广告只是一个称谓，但是就其宣传形式来看，在我国古代，酒店外面挂的葫芦、酒旗，饭店外面挂的幌子，客栈外面悬挂的幡帜等，都可以说是 POP 广告的鼻祖。

● 为什么要有 POP 广告

在经济不断发展、市场日渐成熟、商品呈多样化的今天，传统的销售方式很难满足现代人的需求。为了满足人们购物的需求，让人们享受购物过程中的乐趣，销售场地的布置最好能够让消费者一目了然。具有亲切感的 POP 广告传递的有关商品信息非常有助于顾客进行自由选购。另外，由于连锁超市开放式经营的流行，POP 广告已经从次要变为主要，POP 广告是视觉上的销售员，具有强烈的"视觉传达作用"，可以刺激消费者的购买欲望。这种低成本、有效、直接的 POP 广告，是现代开放式卖场的主要行销媒介。

● POP 广告的功效三步曲

1. 诱客进店

POP 广告促销的第一步就是要引人入店。商店首先应向公众清晰明了地展示出商店的经营特征、经营个性。店铺店头有吸引力的招牌、标志等都有可能留住也许会成为顾客的路人的目光；或者商店通过营造浓烈的购物气氛，引人进店，这也是个不错的方法。特别是在节日来临之际，富有创意的针对性的 POP 广告更能渲染节日的购物气氛，同时也满足人们"从众"的心理，增加顾客流量。

2. 驻足看商品

别出心裁、引人注目的 POP 广告展示能诱发顾客的兴趣。亲切的手绘 POP 广告在此替代了销售员的工作，也拉近了商店与消费者之间的距离，消费者能轻松地从销售 POP 广告中获取信息，如商品名称、品牌、容量尺寸、价格、是否是拍卖类商品或特价品等，转而驻足观察商品，极大地调动顾客的兴趣，诱发购买动机。

3.最终购买

激发顾客最终购买是POP广告的核心功效。亲切的手绘POP广告会针对顾客的关心点进行诉求和解答，如商品的说明、是否是新产品、价格等。有效的POP广告应具有这样的功效——"快来买吧!"它时刻都在向过往的顾客热情召唤。

● POP广告的分类

POP广告的分类方法很多，从表现内容上可归纳为商业POP和校园POP，从表现形式上可分为印刷类和手绘类。

● POP广告现状

POP广告在20世纪七八十年代才传入我国，目前在我们国家正处于一个奋起的阶段。现在，从欧美及台湾地区引进国内经营的专业化连锁超市相当多，在竞争激烈的市场里，如何取其优点改其缺点，刺激消费者的购买欲望，POP广告占有举足轻重的地位。商业领域之外的校园POP广告也日渐风靡……可是面对现状，我们有时候会觉得伤脑筋，POP广告应用中往往会出现这种或那种不尽如人意的地方，到底怎样去画手绘POP广告? 用什么形式去画? 用什么色彩去表达才是最好的呢?

POP广告是一种"生活化的艺术"，为此，我们竭尽全力，推出手绘超速营销POP广告系列丛书，本册内容由如何使用麦克笔开始引你入门，直到你可以轻而易举地将POP完成。希望本书能启发你的灵感，真正成为你的帮手，助你成为一位POP广告高人。

手法相当老练的一幅作品。

一、基础篇

1.POP是什么?

POP是英文POINT OF PURCHASE的简称。POINT是"点"的意思。PURCHASE是"购买"的意思。POP广告就是在购买时间和购买地点出现的广告。POP广告要尽快地把正确的商品信息传达给顾客,通过刺激顾客视觉、触觉、味觉和听觉,引起购买欲望。成功的POP广告会诱导顾客产生此时此地购买的欲望,使顾客感受到购物的乐趣,同时提高了品牌忠诚度和美誉度,树立了良好的产品和企业形象。我们把POP广告称为"售点广告"或"沸点广告"。

在商业领域之外,POP广告也逐渐风靡校园,以其轻松、活泼的表现手法把校园的青春气息淋漓尽致地表现了出来,美化了校园。

背景用底色也是一种手法。

漂亮细心的海报,吸引住的不光光是校园中的眼球。

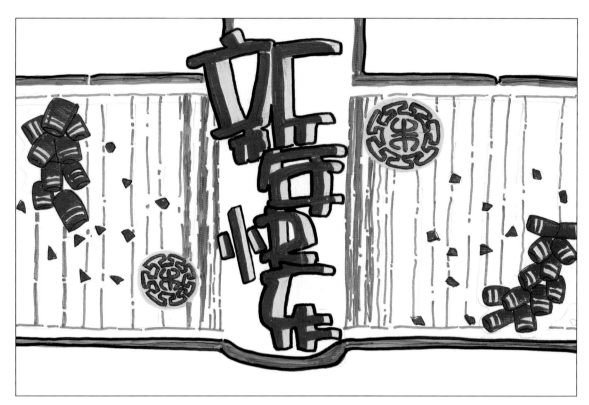

喜庆的气氛十足。

调皮可爱的恐龙，构图也活泼起来。

尽显美好图像。

2.POP 广告的特点

●成本低廉：普通的 POP 广告一般只需要几十元；

●制作速度快，迅速发布商品信息，抢占商机；

●具有亲切感的 POP 广告传递的是有关商品信息，是视觉上的销售员；

●刺激消费：据调查研究，顾客在销售现场的购买中，三分之二左右属非事先计划的随机购买，约三分之一为计划性购买。有效的 POP 广告，能激发顾客的随机购买（或称冲动购买），也能有效地改变计划性购买的顾客，实现即时即地的购买。商店内如果装扮有这些亲切的 POP 广告，将会和生意的兴隆有着密切关系。

3.POP 广告的功效三步曲

诱客进店——驻足商品——最终购买

亲切的手绘 POP 广告会吸引顾客的眼球，会针对顾客的关心点进行诉求和解答，它时刻都在向过往的顾客热情召唤。

醒目的促销 POP 广告。

很幽默的构思。

立体字的效果用在这类广告上很有说服力。

轻松的早餐，轻松的一天。

肥嘟嘟的小墨鱼可爱极了！

4.各种各样的 POP 广告

(1)商业 POP 广告

商业 POP 广告的分类方法很多,从内容上可归纳为以下几种:

①气氛 POP 广告。属于观看用的 POP 广告,以提升商店形象为目的。

夸张的气氛会引起众人的好奇心与探究的行为,往往会收到满意的成果。

五彩的波板糖,绚丽又时尚。

雨中浪漫,不错的感觉。

②销售POP广告。代替销售员的POP广告，顾客通过它来了解商品的价格及特性，促成购买决定。

画面的留白很特别。

朴素的色调，十分切题。

这样的版式设计，让人觉得很亲切。

对比销售POP广告与气氛POP广告的特征

	销售POP广告	气氛POP广告
功　能	代替销售员	营造购物气氛
种　类	价目卡、展示卡、拍卖POP广告、特价POP广告	形象POP广告、消息POP广告、旗帜POP广告
表现技法	色彩不多，文字、数字清晰易读	多使用企业形象色彩，文字、数字个性张扬
表现内容	价格、商品名称、规格、使用说明	以表现感觉为重点
使用时间	短期	长期或节日

③拍卖POP。一种大家都熟悉的所有廉价物、拍卖物的广告，是极易使人驻足观望、心跳加速的POP。

醒目的标题诉求准确。

只用黑线勾出外形也是种不错的手法。

④价目卡。以商品价钱为中心，标出商品
名称、制造商、尺寸的POP广告，也就是目的
为了销售东西的POP广告。

形象、亲切的价目卡。

⑤展示卡：传达商品的有关信息，如商品的材料、特点、使用方法等，是最直接刺激顾客购买欲的POP广告。

●顾客想从商业POP广告知道的内容：

①商品名称——品牌、材料、容量、尺寸等；

②价格——是否有折扣；

③是怎样的商品，是否是拍卖类商品；

④是否有想买的商品；

⑤有没有特价品。

●商业POP广告欲传达给顾客的内容：

①是新产品还是热销产品；

②价格惊人；

③商品的说明；

④商品的项目；

⑤促销品的介绍。

将产品标志突出的展示卡。

根据顾客的流动性，将POP广告加以细分

	种　类	功　能
店头POP广告	招牌、商品名称	告诉顾客商店及出售商品的名称。
	旗帜、布帘、橱窗	营造购物环境或节日气氛。
室内POP广告	专柜导向POP广告	告诉顾客商品的位置。
	气氛POP广告	营造店内气氛
	销售POP广告	起销售作用，目的就是为了销售商品的POP广告。
	橱柜POP广告	方便顾客选择商品、保护商品、使商品增值。
	展示卡	传达商品的有关信息，如商品的材料、使用方法。
	价目卡	以商品价钱为中心，标出商品名称、制造商、尺寸。

趣味性的展示卡，使没有感情的电子产品充满温馨。

突出品牌文字、色彩的展示卡。

强调产品特征，使用其外包装信息制作展示卡。

⑥校园POP广告: 传递校园活动信息的POP广告海报。

●校园POP广告的结构内容（4W）

①广告标题（何物 WHAT）

②广告对象（何人 WHO）

③广告实施时期（何时 WHEN）

④广告实施地点（何地 WHERE）

何物（WHAT）：POP广告宣传的内容、事物，是广告中突出醒目的大标题。

何人（WHO）：宣传的对象，掌握对象群体特征，明确定位，能决定广告的表现风格，对广告的成功起着关键的作用。

何时（WHEN）：广告实施有效期、事物活动举办时间。

何地（WHERE）：广告须明确告知广告实施地点。

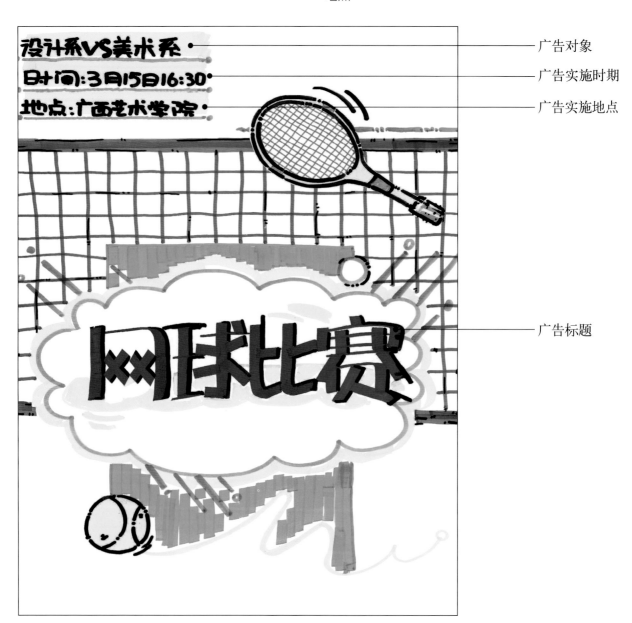

又是一幅情景相融的 POP 广告。

整体却不失节奏。

单线人物也是一种风格。

看得到的速度感。

5.POP广告的摆放

面对不同的商品，POP广告形成了各式各样的展示方法。为了使我们精心绘制的POP广告获得最佳销售效果，展示也成为一种艺术。

● POP广告的展示方法

①吊挂的方式；

②竖立的方式；

③粘贴的方式；

④插入的方式；

⑤放置的方式；

⑥橱柜的方式。

● 不影响商品价值的展示

①POP广告展示的位置不要影响商品的展示；

②展示时不可以破坏商品，如在商品开洞、在商品包装上描绘等；

③除开吊挂或大型的POP广告，展示时应在高度70cm—150cm，顾客视线较好的范围内；

④将商店所有POP广告文字、色调的使用统一化、风格化，展示最佳销售艺术。

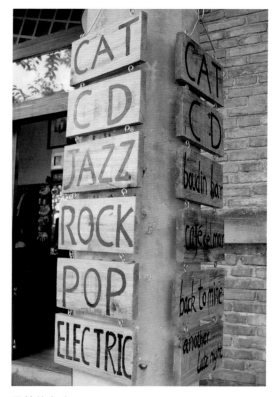

吊挂的方式

简洁、特别、亲切，让人很舒服的店面吊挂POP广告。

吊挂的方式

吊挂POP广告一般用钓鱼线自然垂吊。气氛POP广告常常以这种形式展示。

吊挂的方式

吊挂的方式

诱人的吊挂POP广告由多个内容组成，在空间上占有极大优势。

橱柜的方式

橱柜的方式

橱柜的方式

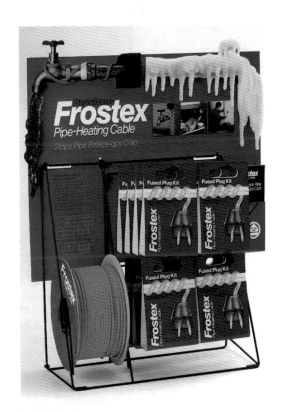

橱柜的方式

　　POP广告与货架形式相结合进行设计展示，方便消费者在广告视线范围内选择商品，同时起保护商品、使商品增值的作用。

放置的方式

放置的方式

立体POP广告就是通过放置来展示、吸引消费者的最常用方式。造型美观的POP广告在此大显身手。

放置的方式

放置的方式

竖立的方式

　　陈列展示的 POP 广告。

竖立的方式

　　经典、时尚、精美的广告牌。

竖立的方式

　　像这样采用黑板、粉笔字形式的 POP 广告竖立
在店铺门口也是很"牛"的。

6.多种方便制作POP广告的工具

●麦克笔

① "家族" 茂盛

麦克笔有大小和水性、油性之分，各种画纸、画板都很适用，粗细、颜色种类都很多，是一个大家庭，我们可按意愿去选择画笔。

② 如何使用麦克笔

麦克笔不需要高难的技术，它能很方便地使用。将笔拿好后倾斜45度，像画画一般以一定的节拍画，注意不是写字，就可以画出非常漂亮的线条。即使你的字写得不太好，但只要好好利用麦克笔，也一样可以轻松愉快地写出漂亮的POP广告字体来。

图左：方尖形（角形），适合画粗文字、标题、价格等线条；图右：粗形签字笔，适合字体和插图的勾边、小字体的描绘。

以一定的压力均匀地画，优美的线条就出现在眼前。

宽平形，适合描绘强有力的线条、标题、粗的数字等。

圆头形，能画半圆线条，适合描绘细圆文字、插图等。

錾刀形，笔尖呈刀口状，运笔比较方便灵活，适用范围广。

只要勤于书画练习，就能写出漂亮的字和画出图形。

●彩色铅笔

　　彩色铅笔也有油性、水性之分。水性彩铅可用水做溶剂，油性彩铅需要松节油来稀释。彩色铅笔在单独使用时可以得到精致的画面效果，在POP广告中通常与其他工具材料配合使用，以求表现不同的效果。

彩色铅笔的效果细腻、结构清晰。在 POP 广告中，我们常常结合其他工具进行描绘。

●辅助工具

①广告颜料、水彩颜料

用于涂写大块色彩、标题或插图，有厚重的感觉。使用前加入少许水调匀颜料，使笔能顺畅自如地画写。

②水粉平笔、毛笔

这两种笔写出的POP广告字体与麦克笔风格不一样。当然，熟练掌握它们会比学习使用麦克笔花的时间多一些，但是谁不希望自己的POP广告作品更精彩一些呢？

③纸张

选用不同的纸质，对POP广告的影响效果也不同。一般选用铜版纸、白卡纸。纸质细腻光洁，易于表现麦克笔的透明感、立体感。值得一提的是，POP广告纸并不都是白色的，恰当地选择彩色纸，会使你的POP广告达到事半功倍的效果。

水粉平笔

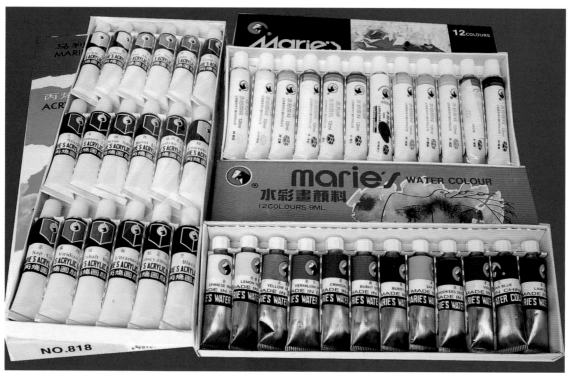

广告颜料、水彩颜料

毛笔

　　恰当地选择彩色纸，会使你的 POP 广告达到事
半功倍的效果。

二、创意篇

POP广告要有乐趣。对顾客来说，手绘POP广告不但可以让他们获得商品的信息、了解商店性质，更可以感受到购物时商店气氛给他们带来的乐趣。因此我们在绘制POP广告时，尽可能地立意新颖，创造乐趣。有创意和乐趣的POP广告，能吸引顾客，与顾客交流，生意当然兴隆。

传统与现代的结合。

极有个性的数字非常吸引人。

小螃蟹在此有趣且意义深刻。呼应的框线使画面的空间更富紧张感。

超大的蜜蜂眼睛，吸引了顾客的眼球。

在现代设计中，传统的魅力是永远经典的。

简单的诉求，用丰富的画面表现真精彩！

方格的运用，加强了主题感觉。

众多驻足观望的小人，更能增加顾客的好奇心和从众的心理。

夸张的大嘴包容了广告内容。

装饰性的背景线条，像阵阵音乐扑面而来。

幽默的卡通作品。

简洁的色块运用。

在大色块中表现产品很有创意。

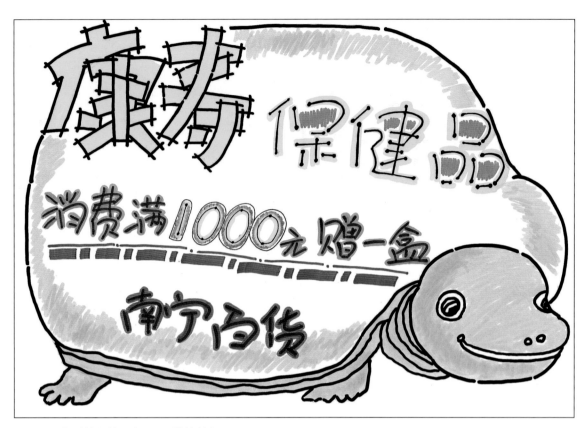

让这只老龟做健康的代言人, 不错的创意!

拟人化的形象显得很有趣味。

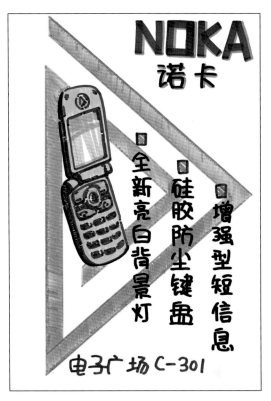

把品牌的标志放大也是不错的做法。

背景的路线，不仅指明了旅游的线路，也串联了整个画面。

以夸张而幽默的插图突出主题是POP手段之一。

三、字体设计篇

1.阿拉伯数字的画法

POP广告数字都很容易被人看懂，非常清晰明了，有一种亲切感，这是非常重要的。

数字是由直线和曲线构成的，请照箭头指示方向练习。曲线的部分，应轻柔缓慢地平稳移动，连接的地方要接得漂亮。

在价目卡上的数字通常是组合使用的。在画的时候我们要把两三个数当成一个数，也就是说把这几个数字尽量地靠近一些，就像画一个字一样。

POP广告在做广告的同时也在装扮店内气氛。我们可以将价目卡的数字全部用同种字体去画，创造店里独特的气氛，也可以按商品种类不同标上字体不一样的价目数字。例如将新上市不二价的价目画成比较稳定的字体，而拍卖商品则选择较粗壮有动感的数字，使它更为醒目。这些都是不错的办法。

用食指和中指夹住麦克笔，大拇指按在笔的上方，一气呵成地画。

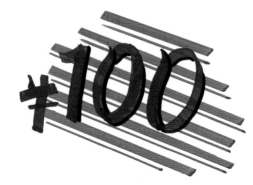

使用麦克笔顺畅、均匀用力地慢慢画，你很快就会喜欢上它的！

画价格的时候，尽量把相邻的数字靠近在一起，就像快要撞上去一样，产生一种空间魄力感。

1234567890

1234567890

1234567890

1234567890

1234567890

1234567890

1234567890

1234567890

1234567890

　　选择的价格数字不同，不仅会影响整个店的气氛，甚至会改变商品的销售效果。只要我们将字体稍加改变，就可能带来新的感受。不断尝试创新在POP广告绘画中确实非常重要。

2.中文字体的画法

●中文常规字体（常用于说明文）

POP广告中文字体是在黑体字的基础上对笔画和字体进行的调整，它的横和竖都有一定的倾斜，富有柔和感，字的中心在绝对中心稍偏低的地方。用麦克笔画的时候要顺畅地运笔，中途不能切断，尽量一笔完成。只要我们能在线条的粗细上保持统一，便能画出格调高雅的POP广告字体了。

粗形POP广告字体能蕴涵独特趣味的原因在于麦克笔这种画笔特有的尖锐笔缘，使字体一直控制着水平和垂直线，我们在"画"字的时候，为了表现字形的书写流利需要改变笔画顺序甚至逆向用笔。

句子是让别人看的，POP广告字体要让人看起来轻松。有时候受到画面形状的影响，字体的排列会变化成一条"动线"，把一个句子当成一个字或一个图形来看，这样就会显得有整体感。对POP广告来说，尝试改变也是非常重要的。

POP广告字体的横和竖都有一定的倾斜，字的中心在绝对中心稍偏低的地方，从偏旁部首可以看出来。

热烈祝贺

时尚新款

世界名牌

系列套餐

顶级建材

光明使者

中国上青

美丽的花

歌舞典藏

前卫 时尚
传统 性感

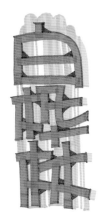

把一个句子当成一个字或一个图形来看，这样就会显得有整体感。

●趣味的字体（常用于标题）

汉字是象形字，从甲骨文开始，到大篆、小篆、隶书等，很多都可以看到自然形象的痕迹，现在我们就是要追溯历史去解读那份自然形象，寻找创作灵感。

为了我们的 POP 广告更能吸引人，面对不同的商品，POP 广告字体要配合商品性质特点画出个性、画出与众不同。但千万记住，一定要能让人明白易懂，一目了然。

图可以表象，这里减去了文字的抽象，我们可以感受到图像带给我们的是无比的快乐。

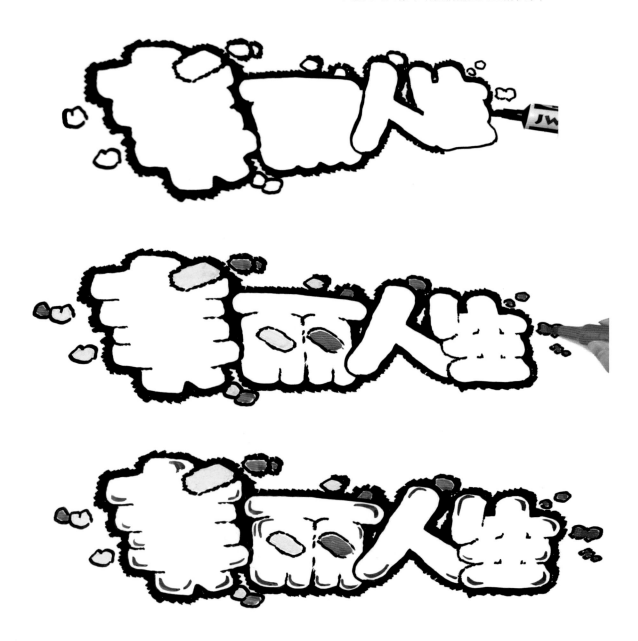

　　粗壮的笔画,配合浓郁的色彩,呈现在我们眼前的仿佛就是一个大汉堡。联想在趣味字体中至关重要,我们往往把产品自身的特点表现在趣味字体中。

　　在不破坏字形识别性的前提下,对字体进行夸张变形,装饰味特浓。

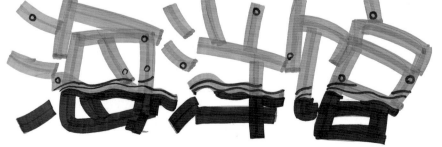

●中文自由书写体

有时候在POP广告中使用毛笔画出这种具有传统风格的自由书写体，会使人眼前一亮，亲切许多。

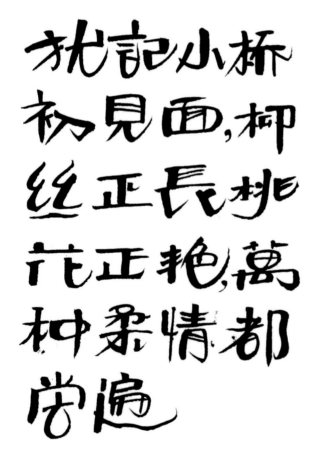

用毛笔练习自由书写体，需要不断地蘸颜料，比麦克笔慢一些，但是它表现的字体显得轻松活泼，感觉很好。

自由书写体在这幅POP广告中恰到好处，更适于中国传统文化的传递。

购物券

红富士

欢乐中国

情人节

蓝调低语

落花·李商隐

高阁客竟去　小园花乱飞

参差连曲陌　迢递送斜晖

肠断未忍扫　眼穿仍欲归

芳心向春尽·所得是沾衣

3.英文字体的画法

画英文字母的时候要有数字感。

小写字母的大小不能超过大写字母的2/3，不同的场合可尝试改变字体表现手法，比如添加阴影、装饰外圈，或者用不同的色彩来画不同的字母。

不难发现在一张POP广告中就会有许多编排巧妙的字体。留意身边的报纸杂志、宣传单，我们都可以找出很多值得参考的文字，把其中有趣的文字剪下来留作参考，日积月累，我们的努力肯定会换来收获。

用固定的压力慢慢地画，注意持笔的角度变化和运笔的方向。

英文字体笔画少，画得比较快，但是要画好是离不开勤奋练习的。

ABCDE

FGHIJ

KLMNO

PQRST

UVWXYZ

Television

Orange

Lucky kid

MED

　　对字母稍加变化，如添加阴影、装饰外圈，或者用不同的色彩来画不同的字母，可能会获得更令人惊喜的意外效果。

四、插图设计技法篇

POP广告插图多采取卡通形式表现，幽默卡通备受青睐。POP广告插图不仅起着解释说明内容的作用，更重要的是它能使POP广告充满活力。

画好插图是每一位POP广告作者的必备基本功，画好的秘诀只有一个，那就是练习。

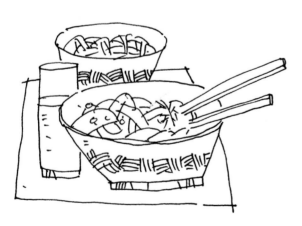

全用线的插图很出效果。

一幅彩色铅笔高手的作品，别有一番风味。

色彩明丽的花朵贯穿整个画面。

红色彩带烘托热闹的气氛。

香水的味道弥漫了整个空间。

精彩的插图赋予POP广告旺盛的生命。

田园小唱,温馨动人。

汉堡的塑造十分细致。

能把字体和图形这样排列，真是高手呀！

装饰的线条，像叫卖一样吸引人注意。

鲜花是献给母亲的恰当礼物。

文字和图形轻松到位。

主题明确，内容丰富。

卡通的形象很有意思。

1.麦克笔技法

①将打好铅笔稿的图形,用油性细笔勾出轮廓;

②以水性麦克笔平涂上色,由于油水不相溶,轮廓依旧清晰。平涂时必须注意把握笔调方向的统一性;

③利用同色系颜色画明暗,使平面的东西看起来有立体感。

用麦克笔着色时，线条的走向不一定都是直线。像这样根据结构变换线条方向会获得不同的效果，可以多尝试。

2.彩色铅笔技法

彩色铅笔绘制的插图带给人更多的是那种特有的淳朴、亲切、自然的感受。

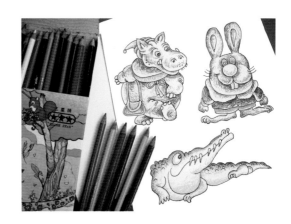

彩色铅笔的效果细腻，结构清晰。

3.水彩色技法

水彩的效果清新淡雅、与众不同，画好水彩要下一番功夫。

调出来的色彩是最丰富的。

4.剪贴画技法

剪贴的插图通过折叠、剪切、粘贴形成半立体效果，干净利落。这种技法应用在 POP 广告中，使平面的 POP 广告看起来更精彩。

对待它们应该像对待小朋友一样细心、耐心。

精彩之处在细节中体现。绳子的穿插非常巧妙。

秋的意境通过这片残破的树叶仿佛被感觉到了。

5.立体制作技法

平面的纸张经过折叠、粘贴等加工处理，就可以制作成立体的POP广告。价目卡、放置式展示卡一般采用这类立体技法制作：

①利用折叠、弯曲，通过增大纸张的底座面积来增强POP广告的抗压力；

②采用粘合、粘贴来固定；

③利用嵌合、插入的方法来固定POP广告造型。

经过加工，有空间造型的立体POP广告变得更丰富多彩，生动起来。

造型特别的柜台式 POP 广告。

用可爱的长颈鹿造型设计的立体POP广告，果然呈现"期盼"的强烈效果。

柜台式 POP 广告（西餐厅）

柜台式 POP 广告（日用产品展示）

美观亲切的柜台式 POP 广告（电子产品展示）

柜台式 POP 广告 (汽车产品展示)

柜台式 POP 广告 (文具店)

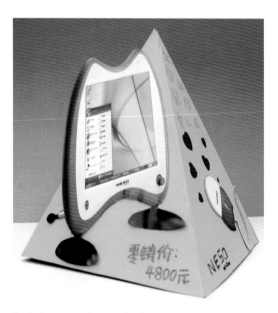

柜台式 POP 广告 (电脑商城)

柜台式 POP 广告 (电脑商城)

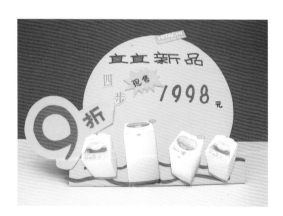

柜台式 POP 广告 (电器折扣)

柜台式 POP 广告 (食品类)

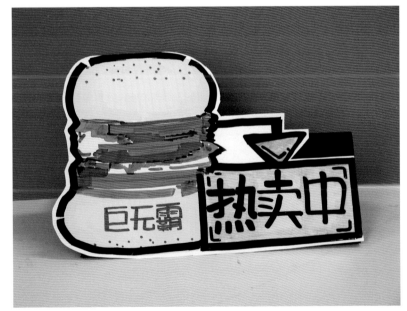

★小提示：你是否会对自己的POP广告做个检查呢？哪怕是一张小小的价目卡，如果使用污损的材料，不仅难看，而且会影响商店的形象。特别要注意，与商品不符的宣传会使顾客产生不必要的猜疑，适得其反，我们一定要注意。

6.电脑画技法

熟练掌握Photoshop图像处理软件和
CorelDRAW矢量绘图软件，能让我们轻松
地绘制出任何想要的图形。

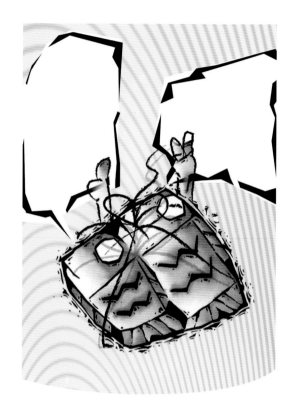

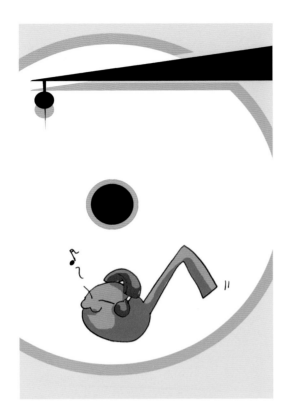

五、构图设计篇

POP广告上描绘的内容,可归纳为标题(或商品名称)、说明、插图等单元。

①确定 POP 广告宣传内容;

②以需要张贴海报的地方为基础来选择纸张的大小和颜色;

③按单元内容规划设计;

④使用商品包装的色彩或文字来表示,能更准确地传达商品信息。

利用框线来整合画面。

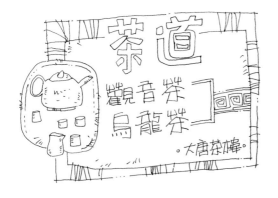

巧妙地利用线条来组织内容，使画面具有空间感、层次感。

六、色彩设计篇

色彩可以给POP广告带来生命，吸引顾客的目光。POP广告色彩拥有各式各样的感情世界：温暖的亲情、恬美的柔和感、跳动的活泼感……这些都能吸引顾客的眼球。同样的POP广告，采用不同的色彩，会给人带来不一样的感受和效应。

1.POP广告的色彩设计应从整体出发，色彩不宜过多，以免有花哨感。

动静结合，繁而不乱。

灰色调的背景很好地衬托了白色主题字，能在最短的时间内吸引顾客眼球。

2.选择最接近商品外包装的色彩。

卖什么，就吆喝什么。用产品本身的色彩信息来设计，能更准确传达商品信息。

蓝色最适合表现和水有关的主题。

礼品的造型简洁明了。

韩式烧烤，异国风情。

3.色彩对比强烈，在环境中寻求突出。

随意涂画的线条显得很有品位。

色彩搭配得丰富而不凌乱。

黑色总是能让效果更强烈。

4.按季节变换色彩,是留住顾客的秘诀。

一语双关,品之有味。

充满稚气,充满希望。

5.从行业上把握色彩的应用,不同的行业有不同的色彩倾向。

漫画手法,挺有趣的。

鱼儿贯穿了整个画面,既活泼又形象。

插图的表现力不可忽视。

西餐厅的服务生真特别。

大而醒目的广告语，引人注目。

训练有素的 POP 广告字体突出主题。

七、范例篇

● 平面 POP 广告

1. 分析范例：父亲节

使用画具：手电筒麦克笔，水性、油性麦克笔，白卡纸。

步骤：

①先用铅笔把大略的位置画出；

②把用手电筒麦克笔画出的大标题形成一个整体的色面，用重复排列的曲线作为背景衬托，这就好像增添了一份对父亲节的感情，加上热情的红色辅助线，效果更加突出；

③用水性麦克笔画出销售内容，用明度较高的橙红色画上折扣数字；

④简洁勾勒出父亲的形象。

②

③

①

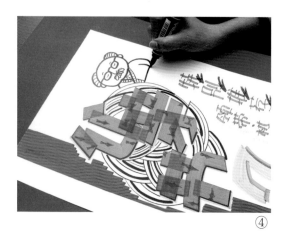

④

2.分析范例：电饭煲

步骤：

①先用铅笔画出大概位置；

②大大的图形非常醒目；

③用水性麦克笔重复画 "煲" 字，突出主题，注意文字大小对比；

④复杂并不都是最好的，简洁明了以图取胜。

①

②

③

3.分析范例：老年人俱乐部

步骤：

①先用铅笔把大略的位置画出；

②用红色的角麦克笔画好标题；

③用圆头麦克笔画中小型字体；

④滑稽的造型给人亲切的感觉；

⑤最后整理修饰，加上有助于画面完整的造型元素。

②

③

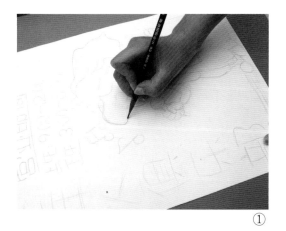

①

④

4.分析范例：巴西烤肉

步骤：

①先用铅笔画出大略的位置；

②用手电筒麦克笔画标题，注意整体效果；

③变换色彩，用圆头麦克笔画中小型字体；

④插图与趣味标题字体强调的就是广告卖点；

⑤标题字是否吸引人，是POP广告取胜的关键。

③

①

④

②

⑤

5.分析范例：生鲜场

步骤：

①先用铅笔把大略的位置画出；

②字体图形都轻轻松松、清清爽爽地用冷色调；

③使用圆点修饰的诱惑性语言非常煽情；

④生鲜类题材，一定要在"鲜"上下足工夫。

①

②

③

●立体剪贴POP广告

立体剪贴POP广告的制作用剪贴的方式来完成不但美观、干净而且速度快。直接剪贴实物照片能够表现逼真的质感。

1.分析范例：万里马"汽车"

步骤：

①选择明快的橙红色粉卡纸制作展示卡；

②将已经剪切好的图片和写在白色纸上的文字错落有致地摆放；

③用同类色补充文字，丰富展示卡内容和形式；

④将粉卡纸折三折做成三角形，底部可割线插入，或用双面胶粘贴；

⑤粘贴好所有剪贴内容，完成作品。

③

①

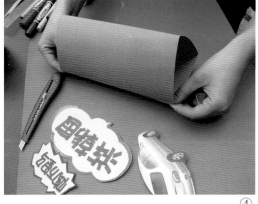

④

②

⑤

2.分析范例：文曲曲"电子辞典"

步骤：

①将色卡纸按预留轮廓剪切；

②摆放好剪切图形,小心细致地粘贴好,用水性麦克笔勾边,使它们具有整体感,并清晰地标上价格；

③突出的大标题用对比强烈的深蓝色写在浅蓝粉纸上,与插图色彩相协调；

④粘接上背部支撑卡纸,使我们的POP广告能站起来；

⑤完成作品。

③

④

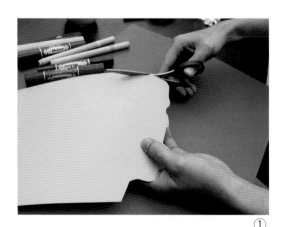

①

②

⑤

3.分析范例:"利浦"手机

步骤:

①将紫色粉纸剪出漂亮的造型,并用深紫色勾边;

②商品名称有对比色的反衬,显得干净利落;

③粘好用黄色剪切的广告字体,用刚才勾边的深紫色以轻松的点来装饰字体背景;

④粘上"弹簧",注意纸片要有一定的宽度和韧度,能承受前端的粘贴物;

⑤完成作品。

③

①

④

②

⑤

图书在版编目（CIP）数据

手绘POP．基础／陆红阳，喻湘龙主编．—南宁：广西美术出版社，2005.7
（创意营销）
ISBN 7-80674-369-3

Ⅰ．手... Ⅱ．①陆...②喻... Ⅲ．广告－宣传画－技法（美术）Ⅳ．J524.3

中国版本图书馆 CIP 数据核字(2005)第 066097 号

本册作品提供：

曾誉莹	周 洁	卢宇宁	林 洁	何佩霖	潘 丞	徐 妍	邹奇诚	罗和平	刘蓉芳
潘玉珉	许长江	陆晓峰	樊海鹰	赵珊珊	熊丽君	欧宝乡	黄晓明	梁 鹏	张海燕
林奔遥	蔡世机	黄元峰	谭仁生	钟周伟	邓金文	胡昌燕	刘川丽	季红梅	王 希
范振春	邓燕萍	杨 扬	周 柯	韦文颖	吴玉泉	黄丹萍	廖爱群	李本宁	陈 诚
陆 霞	文 鹏	马尔娜	陈 旭	闫 玮	陆芳菲	赵先慧	黄 瑾	陈恩成	袁飞霞
李 华	刘 佳	叶 鹏	韦 智						

创意营销·手绘POP
基础

顾　　问／柒万里　黄文宪　汤晓山
主　　编／喻湘龙　陆红阳
编　　委／喻湘龙　陆红阳　黄江鸣　黄卢健　黄仁明　袁筱蓉
　　　　　梁新建　周锦秋　叶颜妮　利　江　方如意　李　娟
　　　　　陈建勋　熊燕飞　周　洁　游　力　陈　晨　亢　琳
　　　　　巩姝姗　张　静　邓海莲
本册编著／喻湘龙　李　娟
出 版 人／伍先华
终　　审／黄宗湖
图书策划／姚震西　杨　诚　钟艺兵
责任美编／陈先卓
责任文编／符　蓉
装帧设计／阿　卓
责任校对／陈宇虹　刘燕萍　尚永红
审　　读／林柳源
出　　版／广西美术出版社
地　　址／南宁市望园路9号
邮　　编／530022
发　　行／全国新华书店
制版印刷／深圳雅昌彩色印刷有限公司
版　　次／2005年8月第1版
印　　次／2005年8月第1次印刷
开　　本／889mm×1194mm　1/16
印　　张／6
书　　号／ISBN 7-80674-369-3/J·480
定　　价／30.00元